DER HERR DER RINGE™
DIE GEFÄHRTEN

JUDE FISHER

DER HERR DER RINGE™

DIE GEFÄHRTEN

DAS OFFIZIELLE BEGLEITBUCH

FIGUREN, LANDSCHAFTEN UND ORTE MITTELERDES

KLETT-COTTA

DIE RINGE DER MACHT

Vor langer Zeit, im Zweiten Zeitalter Mittelerdes, wurden neunzehn Ringe geschmiedet, und jeder verlieh dem Träger ein langes Leben und Zauberkraft. Aber Sauron, der Dunkle Herrscher von Mordor, schuf heimtückisch einen Herrscherring, mischte dessen geschmolzenes Gold mit seinem eigenen Blut und seiner Lebenskraft, in der Absicht, alle anderen Ringe in seine Gewalt zu bekommen. Tief im Innern des Schicksalsberges schmiedete er ihn und sprach den Ringzauber über ihn, der ihn zum Leben erwecken würde:

Drei Ringe den Elbenkönigen hoch im Licht,
Sieben den Zwergenherrschern in ihren Hallen aus Stein,
Den Sterblichen, ewig dem Tode verfallen, neun,
Einer dem Dunklen Herrn auf dunklem Thron
Im Lande Mordor, wo die Schatten drohn.
Ein Ring, sie zu knechten, sie alle zu finden,
Ins Dunkel zu treiben und ewig zu binden
Im Lande Mordor, wo die Schatten drohn.

Die drei Ringe der Elben blieben von seiner bösen Macht unberührt, und die Ringe der Zwerge waren sicher verwahrt; aber die neun Ringe der Menschen unterlagen ihm, und die, die sie trugen, wurden betört und dazu verdammt, im fortwährenden Zwielicht seines Auges zu wandeln, zu Ringgeistern erniedrigt.

DAS LETZTE BÜNDNIS DER ELBEN UND MENSCHEN

Im Zweiten Zeitalter der Sonne versklavte Sauron auf grausame Weise die Freien Völker Mittelerdes, und sein Schatten dehnte sich weit über das Land aus. Verzweiflung und Furcht befielen die Welt, bis ein Letztes Bündnis geschmiedet wurde zwischen Elben und Menschen, angeführt von Gil-galad, dem Elbenkönig, und Elendil, dem Hochkönig von Gondor, als ein verzweifelter Versuch, seine Macht zu brechen.

An den Hängen des Schicksalsberges trieb ihr großes Heer die Streitkräfte des Dunklen Herrschers zurück; aber dort starb Gil-galad, obwohl als Elbe unsterblich, in der Glut von Saurons Hand; und auch Elendil fiel, zerbrach unter sich sein sagenumwobenes Großschwert Narsil, das im Ersten Zeitalter von den Zwergen geschmiedet worden war. Sein Sohn Isildur, Prinz von Gondor, ergriff das Heftstück und schnitt mit seiner scharfen Kante den Finger, der den Einen Ring trug, von der Hand des Dunklen Herrschers und brach so am Ende seinen Willen und seine Macht.

„So ein kleines Ding ...“

Dann hätte der Eine Ring zerstört werden müssen; aber Isildur unterlag seiner verführerischen Macht und weigerte sich, ihn fortzuwerfen. Er trug ihn immer bei sich, denn er wollte ihn zum Gedeih seines Volkes verwenden, bis er auf den Schwertelfeldern den Orks zum Opfer fiel, und dort, im großen Fluß Anduin, ging der Ring abermals verloren.

So endeten die Dunklen Jahre des Zweiten Zeitalters von Mittelerde, und das Dritte Zeitalter begann. Seit dieser Zeit hat Sauron Tausende von Jahren lang seine Anstrengungen auf die Suche nach dem Ring und auf den Wiederaufbau seiner Heere gerichtet. Doch der Ring wollte nicht bleiben, wo er war, und hat mit verschiedenen Mitteln eine lange, sonderbare Reise unternommen.

„Wer über den Herrscherring gebietet ...
gebietet über sie alle.“

1
HOBBITS

Im nordwestlichen Winkel Mittelerdes liegt die friedliche bäuerliche Gegend, die Auenland heißt. Und in dem West-Viertel genannten Teil des Auenlandes findet man jenseits der Ost-Straße den verschlafenen Weiler Hobbingen, eine merkwürdige ländliche Siedlung, bewohnt von einem alten, unscheinbaren Volk, das man Hobbits oder „Loch-Gräber" nennt. Seit Hunderten von Jahren haben sie von der fruchtbaren Erde des Auenlandes auskömmlich gelebt; während die ältesten ihrer Vorfahren vielleicht noch in einfachen Löchern und Tunneln gehaust haben, wohnen die meisten inzwischen in Häusern, die in die grasigen Hügelflanken gegraben sind – Häuser, die niedrig, gerundet und behaglich eingerichtet sind, den Hobbits selber sehr ähnlich, die kaum vier Fuß groß sind und so oft sie können gern und reichlich essen. Die täglichen Mahlzeiten der Hobbits umfassen Frühstück, Zweites Frühstück, Elevenses, Mittagessen, Nachmittagstee und Abendessen; ergänzt werden sie durch viele Häppchen zwischendurch. Sie sind ein fröhliches, seßhaftes, ordentliches, sippenbewußtes Völkchen, stolz auf ihre Anzahl, auf ihre Vorfahren und auf ihre vernünftige Denkweise; und darum sind sie von Natur aus Abenteuern höchst abgeneigt: sie ziehen es vor, im Gasthaus Grüner Drachen, die Füße vor dem Kamin hochgelegt, Pfeifenkraut zu schmauchen, anstatt sich in der Welt herumzutreiben (mit der bemerkenswerten Ausnahme eines gewissen Bilbo Beutlin).

Hobbingen bleibt so eingekapselt und selbstzufrieden, wie es das von jeher gewesen ist: ein Ort, wo das Hobbit-Volk seine Kinder in Sicherheit aufziehen, Gemüse und Getreide anbauen, sich um seine Blumengärten und Tiere kümmern und Pilze für das Abendessen sammeln kann; in seliger Unwissenheit bemerken die Hobbits die dunklen Schatten nicht, die aus dem Osten, aus Mordor, nahen. Obwohl der Verkehr auf den Hauptstraßen in den letzten Jahren zugenommen hat und in den Randgebieten des Auenlandes häufig Fremde zu sehen sind, entgeht den meisten Hobbits völlig, daß der Frieden, den sie genießen, von den guten Diensten des Zauberers Gandalf (den sie mehr mit Feuerwerk denn mit wahrer Zauberei in Verbindung bringen) und der Waldläufer des Nordens geschützt wird. Für Gandalf stellt das Auenland einen Schlupfwinkel von Liebreiz und Unschuld in einer zunehmend besudelten Welt dar. In ihrer Gutherzigkeit und ihrem Edelmut sind die Hobbits ein Volk, das es verdient, vor den Schrecken der Herrschaft des Dunklen Fürsten bewahrt zu werden.

BEUTELSEND

Hobbits sind weniger als vier Fuß groß, und ihre Häuser sind genauso gedrungen und rundlich; zur klassischen Hobbit-Bauweise gehören runde Türen und Fenster, krumme Wände und Balken. Ihre Besitzer legen großen Wert auf schöne Möbel und auf das Geschick örtlicher Handwerker, die vor allem auf feingedrechseltes und poliertes Holz und kunstvolle Vitrinen spezialisiert sind. Hobbit-Höhlen sind der Behaglichkeit und Gastlichkeit gewidmet, bieten darum wohlgefüllte Speisekammern, heimelige Herde und jederzeit einen herzlichen Empfang. Bilbo Beutlins Haus – Beutelsend – ist ein prächtiges Beispiel dieses Typs.

BILBO BEUTLIN

„Viel zu regsam und neugierig für einen Hobbit, sehr ungewöhnlich …“

Bilbo Beutlin, Gelehrter, Dichter, Liedermacher, Träger bunter Brokatwesten, Geschichtenerzähler und Freund der Elben, ist einer der berühmtesten und langlebigsten Hobbits in der Geschichte des Auenlandes. Am bekanntesten ist er jedoch als Abenteurer, eine Seltenheit bei den Hobbits, aufgrund der Ereignisse, die er in seinem Buch *Hin und zurück. Die Geschichte eines Hobbits* erzählt hat, als er mit dem Zauberer Gandalf und einigen Zwergen an einer heldenhaften epischen Queste teilnahm, von der er mit einem gewissen Ring nach Hobbingen zurückkehrte, den er einer Kreatur namens Sméagol oder Gollum in einem Rätsel-Wettstreit abgewonnen hatte. Viele seiner Nachbarn – und einige seiner Verwandten – nennen ihn nun wegen dieser Abenteuer den „irren Beutlin“.

Sechzig Jahre nach seiner Heimkehr feierte Bilbo seinen einundelfzigsten Geburtstag, übergab alle seine weltliche Habe seinem jungen Verwandten Frodo und beschloß statt dessen, zur Elben-Zuflucht Bruchtal zu reisen, um dort in Ruhe sein großes Werk zu vollenden und in der Gesellschaft von Elrond, dem Halbelben, Elbenkunde zu studieren.

„Die Straße gleitet fort und fort,
Weg von der Tür, wo sie begann,
Weit überland, von Ort zu Ort,
Ich folge ihr, so gut ich kann.“

FRODO BEUTLIN

„Es ist gefährlich, Frodo, aus der Tür zu treten ...“

Frodo Beutlin, im Kindesalter zur Waise geworden, wurde von dem Hobbit adoptiert, den er Onkel Bilbo nannte. Bilbo ließ Frodo bei sich in seinem großen Haus in Beutelsend wohnen; das geschah nicht aus Barmherzigkeit, sondern weil er unter Bilbos vielen Verwandten der einzige kluge Kopf war. Frodo war zu einem ernsten, empfindsamen und intelligenten Jungen herangewachsen, den Bilbos Bibliothek und seine Erzählungen von seiner aufregenden Reise durch Mittelerde faszinierten. Als gelehriger Schüler hatte Frodo sogar gelernt zu lesen und ein paar Brocken Elbisch zu sprechen, eine Fähigkeit, die ihm den Namen „Elbenfreund“ eintrug.

Gleichwohl waren viele der Bewohner Hobbingens eher der Meinung, daß Frodo, da er so viel Zeit damit verbrachte, sich durch phantastische Geschichten über Elben, Zwerge und Drachen den Kopf verdrehen zu lassen, kein so praktischer Hobbit sei, wie es sich gehörte, und kaum genug Grips habe, „einen Kürbis von einem Kohlkopf zu unterscheiden“, wie man im Auenland zu sagen pflegt.

Desungeachtet hat Frodo die Gegend um Hobbingen ausgiebig erwandert, mit seinem Freund Sam Gamdschie die Hauptstraßen und Nebenwege erkundet und dadurch allmählich Geschmack am Reisen bekommen. Das traf sich gut, weil man ihn dazu aufrufen wird, eine lange Reise zu unternehmen.

Als Bilbo Beutlin beschließt, Hobbingen zu verlassen, um bei den Elben zu wohnen, hinterläßt er Frodo nicht nur das Haus in Beutelsend, sondern seine ganze Habe, darunter auch einen gewissen Ring, den Frodo aus dem Auenland heraus und noch viel weiter tragen muß.

„Auch der Kleinste kann zukünftige Schicksale bestimmen ...“

Obwohl es sich nur um einen harmlosen goldenen Reif zu handeln scheint, ist der Ring in Wahrheit eine schwere Bürde, denn er stellt durch seine Einflüsterung in der Schwarzen Sprache, der Sprache von Mordor, eine ständige Versuchung dar. Er hat die Macht, die Aufmerksamkeit der Diener des Feindes auf sich zu ziehen, und Saurons forschender Blick ist unablässig darauf konzentriert. Der Ring will stets zu seinem Schöpfer zurückkehren.

Wer immer ihn trägt, er lebt dauernd in Gefahr; zu seinem Schutz wird Frodo von Bilbo ein Elbenschwert erhalten, Stich genannt – eine magische Waffe mit einer Klinge, die blau leuchtet, wenn Orks in der Nähe sind; dazu ein Panzerhemd, aus einer wundersamen Substanz gefertigt, einem *mithril* genannten Metall, das von den Zwergen aus tiefen und geheimen Orten gefördert wurde. Leicht wie eine Feder, doch hart wie Drachenschuppen, kann es unter der Kleidung verborgen werden, wehrt jedoch die schärfste Klinge ab. Bilbo hatte es einst vom Zwergenkönig Thorin geschenkt bekommen.

SAMWEIS GAMDSCHIE

Wie sein Vater Hamfast („der Ohm") ist Sam Gamdschie ein Gärtner und hat sein ganzes Leben in und um Hobbingen zugebracht. Obwohl er beim Pilzesammeln, Gemüsestehlen und auf Ausflügen mit seinen Freunden die Randgebiete des Auenlandes erkundet hat, ist er niemals weiter ins Land vorgedrungen, obwohl ihn Bilbos aufregende Geschichten hingerissen haben. Während er den Garten von Beutelsend betreute, ist er in den Genuß vieler Abenteuergeschichten gekommen, die Bilbo auf seinen Reisen in fremde Gegenden erlebt hat, wo er sonderbarem Volk begegnet ist. Besonders Elben haben es Sam angetan.

Auch die junge Rosie Kattun, die Kellnerin im Grünen Drachen, Hobbingens beliebtem Wirtshaus, hat es Sam angetan. Sie ist eines der hübschesten Hobbit-Mädchen im Auenland, doch Sam ist unglücklicherweise zu schüchtern, mit ihr anzubändeln, obwohl ihn seine Freunde ermutigen und ihn aufziehen. Statt dessen ist er damit zufrieden, dazusitzen, Pfeife zu rauchen, einen Krug mit dem besten Auenlandbier vor sich, und dem Geplauder anderer zuzuhören.

Wortkarg, treu und verläßlich ist Sam immer der perfekte Gefährte für seinen Freund und Herrn Frodo Beutlin gewesen, dem er aufrichtig zugetan ist. Sam, ein Hobbit mit großem Herzen (und einem großen Appetit), weigert sich zurückzubleiben, als Frodo seine erste Queste unternimmt, obwohl anfangs nicht klar ist, welche Geschicklichkeiten und Eigenschaften er dafür mitbringt, denn er ist zwar ein praktischer und treuer Geselle, doch weder übermäßig intelligent noch ausgesprochen tapfer oder gar geschickt im Umgang mit dem Schwert.

Aber die Not vermag aus Leuten, denen man es am wenigsten zutraut, Helden zu machen. Im Falle Sams kann sich Hartnäckigkeit in eiserne Entschlossenheit, grimmige Treue in außergewöhnlichen Mut verwandeln.

MERIADOC BRANDYBOCK

Meriadoc Brandybock – das ist sein richtiger, vollständiger und kaum benutzter Name – ist der Sohn des Herrn von Brandybock und entstammt damit einer der vornehmsten und wohlhabendsten Familien, aber er ist besser als Merry bekannt, eine Abkürzung, die gut zu seinem fröhlichen, unbeschwerten Wesen paßt.

Dieser schalkhafte, lebhafte und waghalsige Bursche ist lange einer der engsten Freunde von Frodo Beutlin gewesen, war immer zu Scherzen und Streichen aufgelegt und geriet oft in die Klemme, vor allem zusammen mit seinem Vetter Peregrin Tuk, besser bekannt als Pippin.

Wie alle Hobbits ißt und trinkt er gern und hat gern Spaß: sucht nach Pilzen, stibitzt Kohl und Karotten von den Äckern benachbarter Bauern, besonders von Bauer Maggot, oder verbringt gemütliche Abende pfeiferauchend im Grünen Drachen: darauf beschränkt sich bis jetzt seine Kenntnis von der Welt; aber man versuche einmal, Merry Brandybock zuhause festzuhalten, wenn irgendwo ein Abenteuer lockt, vor allem eines, das mit ein bißchen Gefahr verbunden ist.

Natürlich hat er keine Ahnung, welche Gefahren unter Umständen auf ihn zukommen, als er sich Frodos Queste anschließt, aber Hobbits sind ein erstaunliches Volk, dessen beste Eigenschaften besonders in gefährlichen Situationen zum Vorschein kommen, und wenn sie unter Druck geraten, kann sich ihre mutwillige Neigung zu Tricks und Spötteleien in Findigkeit und Mut verwandeln.

Mit einem scharfkantigen Messer bewaffnet, das er vom Waldläufer Streicher bekommen hat, entdeckt Merry rasch die wahre Bedeutung des Wortes „Abenteuer".

PFEIFENKRAUT

Pippin und Merry haben ein großes praktisches Interesse an einem der begehrtesten Ausfuhrartikel des Auenlandes: dem Pfeifenkraut, einem würzig brennenden Kraut, das aus langen Ton- oder Holzpfeifen geraucht wird. Das Pfeifenkraut, eine gemeine oder Gartenform von Nicotiana, wird an vielen Orten des Auenlandes liebevoll gezogen, aber es ist allgemein anerkannt, daß die feinsten Sorten, besonders Langgrundblatt und Alter Tobi, bereits vor langer Zeit im Süd-Viertel des Auenlandes angebaut und verbreitet wurden. Die Gewohnheit, Pfeifenkraut zu rauchen, hat sich weit verbreitet, vom Auenland in die Länder der Menschen und darüber hinaus: Aragorn, Sohn von Arathorn, teilt die Liebe der Hobbits zu dem Kraut, wie auch die Istari-Zauberer Gandalf der Graue und Saruman der Weiße.

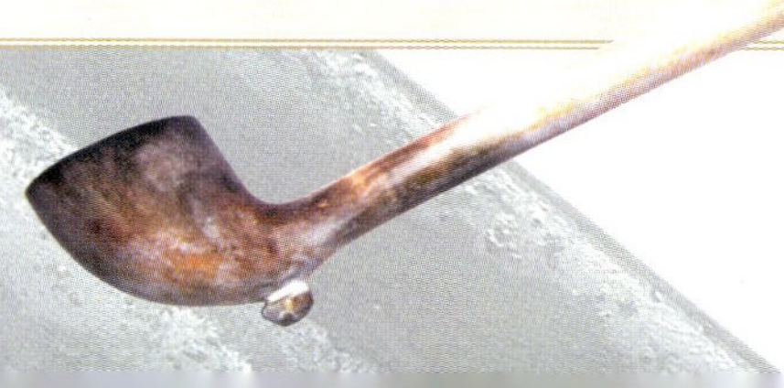

PEREGRIN TUK

„Du Narr von einem Tuk ...“

Peregrin Tuk – den jedermann unter den Namen Pippin kennt – ist der jüngste der vier Hobbits unter den Ringgefährten. Er ist Frodos Vetter zweiten Grades und auch ein Vetter Merrys, hat sein ganzes Leben im Auenland zugebracht und niemals dessen Grenzen überschritten.

Merry ist sein engster Freund: Die beiden sind so gut wie unzertrennlich, und selten sieht man den einen ohne den anderen. Seit Jahren sind sie mit ihrem Übermut und ihren Scherzen die Quälgeister der Bewohner von Hobbingen und Umgebung gewesen. Ereignisse wie die Feier zu Bilbo Beutlins einundelfzigstem Geburtstag mit ihrem Überfluß an Bier und Feuerwerk bieten jede Menge Möglichkeiten, in Schwierigkeiten zu geraten.

Um jedoch die Wahrheit zu sagen, ist Pippin bei diesen Possen kaum der Anstifter, sondern neigt dazu, ohne zu fragen sich Merrys Führung anzuvertrauen. Pippin ist sanftmütig, naiv und ziemlich töricht und von allen Gefährten Frodos am schlechtesten auf die Gefahr und Dunkelheit vorbereitet, der sie auf ihrer Reise begegnen werden. Aber Hobbits sind ein anpassungsfähiges, zähes und entschlossenes Volk, und während Pippin anfangs für die Gefährten viel eher eine Belastung denn einen Gewinn darzustellen scheint, wird er bald über ein Elbenschwert verfügen und es gebrauchen müssen, um sich selbst und seine Freunde zu verteidigen; und er wird es gebrauchen.

HOBBIT-FÜSSE

Hobbits tragen selten, wenn überhaupt, Schuhe oder Stiefel und haben folglich Füße mit dicken, lederigen Sohlen und obendrauf Pelz, um die Kälte abzuhalten.

2

MENSCHEN

„Menschen: Sie sind schwach. Das edle Blut von Númenor fließt nicht mehr in ihren Adern. Sie haben nichts im Sinn als ihre armseligen Wünsche."

Im Zweiten Zeitalter Mittelerdes vereinigten Elendil – Hochkönig von Gondor – und sein Sohn Isildur ihre Streitkräfte mit denen der Elben, unter der Führerschaft des sagenhaften Elbenkönigs Gil-galad, um Sauron und die Mächte des Schattens herauszufordern. Die Schlacht von Dagorlad war die blutigste Auseinandersetzung, bei der Gil-galad und Elendil fielen, der Dunkle Herrscher aber schließlich ganz zurückgetrieben wurde bis zu den Hängen des Schicksalsberges, und dort kämpften Menschen und Elben zum letztenmal Seite an Seite und brachten ihn zu Fall.

Mit der zerbrochenen Klinge des väterlichen Großschwertes Narsil schnitt Isildur – jetzt selbst der Hochkönig – den Herrscherring von Saurons Hand und trennte ihn dadurch von seiner übernatürlichen Macht. Und so endete das Zweite Zeitalter.

„Da ist Schwäche und Wankelmut; aber auch Mut und Ehrgefühl findet sich bei den Menschen."

Darauf hätte der Dunkle Herrscher für alle Zeit gezähmt sein sollen. Aber die Menschen haben von Natur aus einen Makel. Anstatt den Einen Ring zu zerstören, begehrte Isildur den Ring leidenschaftlich und beschloß, ihn für seine eigenen Zwecke und zum Wohle seines Reiches aufzubewahren, erklärte, er solle von nun an das Familienerbe Gondors sein, und alle aus seinem Geschlecht sollten mit seinem Schicksal verbunden sein. Und so geschieht es, daß dreitausend Jahre später, im Dritten Zeitalter Mittelerdes, sein Nachfahr Aragorn, Sohn von Arathorn, letzter Anführer der Dúnedain und Erbe des Königreichs Gondor, erkennen sollte, daß sein eigenes Schicksal mit dem des Ringes und mit der Queste, ihn zu finden und zu vernichten, verbunden ist.

Isildur fiel beim Angriff von Orks auf den Schwertelfeldern, und der Ring ging in den Wassern des Anduin verloren. Sein Tod ließ die Rasse der Menschen ohne König zurück, und seitdem haben sie sich vermindert und sich in verschiedene Parteien und Stämme aufgespalten: die Ostlinge und Haradrim, die nun den Dunklen Herrscher unterstützen; die Rohirrim, die in den Graslanden und Bergen an der Grenze zum Wald von Fangorn wohnen, und die Gondorer, deren Königreich mit der Hauptstadt Minas Tirith, der Weißen Stadt, dem Schatten von Mordor am nächsten ist. Seit dem Tod Isildurs hat das Volk von Gondor keinen neuen König erkoren.

„Das Blut von Númenor ist fast erschöpft, sein Stolz, seine Würde vergessen. Die Menschen sind verstreut, uneinig und führerlos …"

The
Prancing
Pony

BREE

An der Ostgrenze des Auenlandes, an der Kreuzung der Großen Oststraße und der Nordstraße, liegt die Stadt Bree. Diese Anhäufung zweistöckiger Häuser aus Stein und Fachwerk schmiegt sich an einen niedrigen, bewaldeten Hügel und beherbergt eine buntscheckige Ansammlung von Volk, darunter Menschen und Hobbits und sogar einige Zwerge. Noch größer ist die Zahl der Reisenden, denn die Stadt liegt am Schnittpunkt zweier großer Straßen. Wegen seiner strategischen Bedeutung ist Bree von einer dichten Hecke umgeben und verfügt über ein großes Tor, bemannt mit einem Torwächter, und Eingang und Ausgang zur Großen Oststraße werden von Wachen kontrolliert.

Der beliebteste Treffpunkt der Stadt ist das bekannte Gasthaus Zum Tänzelnden Pony, wo Reisende Rast machen, übernachten, sich erfrischen und Neuigkeiten und Klatsch aus ganz Mittelerde austauschen. Der Gastwirt ist ein gewisser Gerstenmann Butterblüm, der ein gutes Bier ausschenkt, aber unglücklicherweise ein weniger gutes Gedächtnis hat.

ARAGORN

„Einer von diesen Waldläufern. Gefährliches Volk, streift in der Gegend umher …“

Ein großgewachsener, wettergegerbter Mann mit wachsamen Augen, wohl mit Waffen versehen und in abgeschabten Reisekleidern begegnet den Hobbits im Tänzelnden Pony, dem Gasthaus in Bree. Gerstenmann Butterblüm, der Wirt, erzählt ihnen, der Mann werde Streicher genannt und sei ein Waldläufer – einer der umherziehenden Männer des Nordens, einer jener langbeinigen Wanderer, die von Zeit zu Zeit auftauchen, wenn die Leute sie am wenigsten erwarten.

Streicher sieht finster und gefährlich aus, aber ist weit mehr, als er auf den ersten Blick zu sein scheint. In schlimmen Zeiten sind Verkleidung und List nötig, um den Blick des Feindes abzuwehren, und Streicher, das stellt sich bald heraus, ist ein enger Verbündeter Gandalfs des Grauen, und noch mehr als das …

Der geheimnisvolle Streicher ist von edelster Herkunft, denn sein wirklicher Name ist Aragorn, Sohn des Arathorn, und er ist der Herr der Dúnedain, dem letzten Überrest der alten Rasse der Menschen im Norden; und wenn er auch keine Krone trägt, ist er doch ein Abkömmling der Hochkönige, der Erbe Isildurs von Gondor. Als Zeichen seiner Abkunft trägt er zwei alte und mächtige Erbstücke: das zerbrochene Heft von Narsil, mit dem Isildur den Einen Ring von Saurons Hand schnitt; und Barahirs Ring, geformt aus zwei Schlangen mit Smaragden als Augen, deren Köpfe sich unter einer Krone goldener Blumen treffen, welche die eine hochhält, während die andere sie verschlingt.

Als Kind verwaist, ist Aragorn im Hause des Halbelben Elrond in Bruchtal aufgewachsen und liebt seit langem Elronds Tochter, die schöne Arwen Abendstern; doch sie entstammt der unsterblichen Elbenrasse, und er ist ein sterblicher Mensch, und ihre gemeinsame Zukunft zwingt sie zu einer schrecklichen Entscheidung.

Dieses Schicksal lastet schwer auf Aragorn. Als einer der Gefährten, dem Dienst des Ringträgers verpflichtet, liegen eine lange Queste und ein großer Krieg vor ihm, von dem die Zukunft der Freien Völker Mittelerdes abhängt. Aragorn, Sohn von Arathorn, hat dabei eine entscheidende und wenig beneidenswerte Pflicht zu erfüllen, bevor er auch nur anfangen kann, an sich selbst zu denken.

BOROMIR

„Gondor hat keinen König, Gondor braucht keinen König ...“

Boromir ist der älteste Sohn von Denethor, zur Zeit Herrschender Statthalter von Gondor in Minas Tirith, der Hauptstadt Gondors. Seit dem Tode Isildurs, des Sohnes von Elendil, auf den Schwertelfeldern haben die Gondorer keinen König erwählt, sondern statt dessen einen Statthalter eingesetzt, um das Land bis zu jenem Tage zu regieren, an dem der legendäre Erbe Isildurs vielleicht wiederkehrt, um den Thron zu beanspruchen. Sie sind inzwischen so lange ohne König gewesen, daß niemand mehr damit rechnet, daß es einen solchen Thronfolger geben könnte.

„In einem Traum sah ich den Himmel im Osten sich verfinstern,
doch im Westen hielt sich noch ein blasser Lichtschein. Eine Stimme rief:
‚Das Ende steht bevor: Isildurs Fluch ist gefunden!‘“

Boromir ist in den Norden nach Bruchtal gereist, um die Bedeutung eines immer wiederkehrenden Traums zu erfragen, der davon sprach, „Isildurs Fluch“ erwache – jener Gegenstand, der den Tod des Hochkönigs verursacht hatte. In Bruchtal wird Boromir erfahren, daß dies der Eine Ring ist, jetzt im Besitz von Bilbo Beutlin. Von allen Königreichen Mittelerdes liegt Gondor dem Schatten am nächsten; die dunklen Gipfel Mordors sind von den Bastionen Minas Tiriths deutlich sichtbar, und gondorische Krieger müssen fortwährend einfallende Orks und andere grimmige Kreaturen des Dunklen Herrschers abwehren.

Ebenso wie er alte Hochkönig Isildur sieht auch Boromir den Nutzen des Einen Rings bei der Verteidigung seines Volkes; doch als sich in Bruchtal herausstellt, daß der dunkle, abgerissene Mann namens Streicher Aragorn ist, Sohn Arathorns, des letzten Herrschers der Dúnedain, und Erbe des Königreichs Gondor, ist Boromir nicht völlig davon überzeugt, daß es sich wirklich um den Mann handelt, der

dazu bestimmt ist, das alte Königreich wieder zu vereinen und in ein neues Zeitalter zu führen. Trotz seiner Zweifel bietet er dennoch dem Ringträger seine Dienste an, will ihm auf seiner Queste beistehen und wird ein tapferer Gefährte.

Boromir trägt ein großes Schwert, einen Schild und das Horn eines wilden Ochsen, mit Silber umwunden und mit einer alten Inschrift. Man sagt, würde dieses Horn irgendwo in den Grenzen Gondors in bitterer Not geblasen, werde dem Bläser auf der Stelle Hilfe zuteil; doch als Boromir auf der Reise der Gefährten nach Süden von Orks schwer bedrängt wird, ist er vielleicht zu weit von seiner Heimat entfernt, als daß Hilfe hätte rechtzeitig eintreffen können.

3

ELBEN

„Sie leben in beiden Welten zugleich – in der sichtbaren und in der unsichtbaren."

Die edelste und älteste aller Rassen Mittelerdes, die Elben, verfügen über große Zauberkraft und die Fähigkeit, Dinge von außergewöhnlicher Schönheit zu schaffen – eingeschlossen die Ringe der Macht, Waffen, Musik, Sprache und Wissenschaft. Sie sind unsterblich und alterslos, haben seit den frühesten Tagen in Mittelerde gewohnt und waren das erste der sprechenden Völker der Welt. Doch nun im Dritten Zeitalter ist eine große Traurigkeit über sie gekommen, denn ihre Zeit in der Welt nähert sich dem Ende. Nun sieht man selten Elben in Mittelerde, denn zahlreiche Gruppen haben bereits das Meer zu den Unsterblichen Landen überquert, wo sie vielleicht für immer in Seligkeit weiterleben, fern von den Sorgen und Prüfungen einer vom Krieg verheerten Welt.

„Jung und alt zugleich … voll Leben und Trauer."

Doch kleine Gemeinschaften von Elben leben immer noch in Mittelerde: im Nördlichen Düsterwald, ursprünglich Grünwald der Große; in Bruchtal, ihrer alten Zuflucht, und in Lothlórien, dem Goldenen Wald, wo Galadriel und Celeborn herrschen. Schlank und hochgewachsen, scharfäugig und lieblicher Rede kundig, sind die Elben immer leicht auf der Erde gewandelt. Ihre Lieder widerhallen durch die Zeitalter.

Nai tiruvantel ar varyuvantel i Valar tielyanna nu vilja.
Mögen die Valar dich auf deinem Weg unter dem Firmament schützen.

BRUCHTAL

„Hier liegt ein Zauber ganz tief verborgen,
den man nicht fassen kann."

Bruchtal existiert seit Tausenden von Jahren als letzter Zufluchtsort und verborgenes Versteck, geschützt gegen alles Böse durch die Macht der Elben. Es liegt in einem tief eingeschnittenen Tal des östlichen Eriador, in den Ausläufern des hochaufragenden, schneebedeckten Nebelgebirges. Dort verbirgt sich in sonnenhellen Gärten, Terrassen und Höfen eine Zahl vornehmer elbischer Gebäude, mit Schnitzerein verziert, geschmückt mit Statuen, Wandgemälden und prächtigen Wandteppichen.

Der Herr der Stadt ist Elrond, Herrscher der Elben, und in Bruchtal wird der Rat Elronds abgehalten, um über den Einen Ring zu disputieren und über die Möglichkeit, ihn zu vernichten.

LEGOLAS

Prinz Legolas – dessen elbischer Name „Grünblatt" bedeutet – ist der Sohn von König Thranduil aus dem Düsterwald. Er war als Gesandter der Waldelben, die den großen nördlichen Düsterwald bewohnen, zum Rat Elronds nach Bruchtal gereist. Dieser einst so schöne Wald wird gerade jetzt von Orks, Wölfen und anderen dunklen, schweifenden Geistern heimgesucht, die Sklaven der Mächte der Dunkelheit sind, während der Schatten von Mordor sich immer weiter über Mittelerde ausbreitet.

Da die Elben eine langlebige Rasse sind, kennt Legolas den Waldläufer Streicher seit langem, und dessen wahre Identität ist ihm wohlbekannt. Wie viele aus seinem Volk hegt er Mißtrauen gegenüber Zwergen, was dazu führt, daß die Atmosphäre zwischen ihm und dem Gesandten der Zwerge vom Erebor, Gimli, Sohn des Glóin, gereizt ist.

Legolas bringt in die Bruderschaft der neun Gefährten – von Elrond ausgewählt, um den Ring durch Mittelerde zu tragen – eine Anzahl einzigartiger und segensreicher Geschicklichkeiten ein. Elben verfügen über die übernatürliche Fähigkeit, sich leichtfüßiger über den Boden zu bewegen als die anderen Völker Mittelerdes: Legolas ist in der Lage, auch im schwierigsten Gelände rasch und mühelos zu laufen, und läßt selbst auf frischem Schnee kaum Fußabdrücke zurück. Als Waldelb ist er ein meisterlicher Waldkundiger und vermag die allerkleinsten Spuren und Fährten aller Tiere der Welt zu deuten. Er kann auch klarer und weiter sehen als die anderen Gefährten und ist ein überragender und treffsicherer Schütze mit dem elbischen Langbogen, den er in Frodo Beutlins Dienst stellt.

Überdies trägt Legolas zwei Elbenmesser mit fein ziselierten Klingen: tödliche Waffen, denn die Elben schmieden die schärfsten Klingen in Mittelerde.

LOTHLÓRIEN

„Der seltsame Zauber des Goldenen Waldes.“

Genau östlich des Nebelgebirges, längs des Flusses Silberlauf, der in den großen Fluß Anduin fließt, liegt Lothlórien – der Goldene Wald –, das schönste Elbenkönigreich, das es in Mittelerde noch gibt.

Lothlórien ist die Heimat der Waldelben, die für Besucher des Waldes, den sie hüten, beinahe unsichtbar sind, weil sie sich rasch und lautlos zwischen den Bäumen bewegen, verhüllt von ihren zauberischen grauen Umhängen. Überall im Goldenen Wald wachsen die hochragenden Mallorn-Bäume, die größten und schönsten Bäume Mittelerdes.

Auf dem Waldboden blühen im Gras die goldenen Sterne von Elanor und fahlweiße Blüten der Niphredil. Die silbrigen Säulen der Mallorn-Bäume streben zu einem prächtigen Baldachin goldener Blätter empor, und in ihren Kronen aus mehreren Ästen bauen die Elben ihre Fletts, ihre Wohnungen oder hohen Häuser.

„Das Herz des Elbenreichs auf Erden ...“

Im Herzen des Goldenen Waldes liegt Caras Galadhon, die Stadt, in der Herr Celeborn und die Frau Galadriel ihre königliche Halle haben, ein gewaltiges, großes Flett, hoch in die Krone des mächtigsten Mallorn-Baumes eingefügt.

FRAU GALADRIEL

Ihr Gemahl ist Celeborn, der ursprünglich aus dem nördlichen Königreich des Düsterwaldes stammt. Sein Haar ist lang und silberfarben, sein Gesicht, ernst und stattlich, verrät nichts von seinem hohen Alter.

Frau Galadriel – „Lichtherrin" –, Großmutter von Frau Arwen, ist eine Elbenkönigin von außerordentlicher Schönheit mit alterslosen Gesichtszügen und goldenem, fließendem Haar. Gleichwohl ist sie nicht bloß ein Feengeschöpf, sondern verfügt über große Macht. Sie trägt einen der Großen Ringe – Nenya –, den Ring von Adamant, und hätte sie dazu den Einen Ring in Händen, wäre sie für den Dunklen Herrscher Sauron eine mächtige Gegenspielerin.

„Der Spiegel zeigt manches, das war, und manches, das ist,
und manches, das vielleicht sein wird."

Galadriel besitzt auch einen magischen Spiegel, in dem man, wenn es etwas zu entscheiden gilt, Bilder aus Vergangenheit, Gegenwart und Zukunft erblicken kann.

Herr Celeborn und Frau Galadriel haben den Goldenen Wald als eine sichere Zuflucht für jene Elben erhalten, die sich entschlossen haben, in Mittelerde zu bleiben, anstatt in die Unsterblichen Lande zu segeln; dazu verhalfen ihnen zauberische Kräfte und die wachsame Fürsorge ihrer Krieger, die von Hauptleuten wie dem Waldelben Haldir geführt werden.

Celeborn und Galadriel schenken den Gefährten viele wundersame Dinge, darunter elbische Umhänge, die sie für die Augen ihrer Feinde fast unsichtbar machen, von Spangen in der Form eines silbern gerippten grünen Blattes zusammengehalten; Lembas, das Reisebrot der Elben: obwohl es kaum gehaltvoll erscheint, genügt ein einziger Bissen, einen ausgewachsenen Menschen bei Kräften zu halten; drei Elbenboote, um ihre Reise statt durch die von Orks heimgesuchten Lande auf dem Fluß Anduin fortzusetzen; ein verziertes elbisches Jagdmesser für Aragorn; einen Langbogen und einen prächtig gearbeiteten Köcher für Legolas' Pfeile; silberne Gürtel und kleine Silberdolche für Merry und Pippin; für Sam eine Taurolle aus magischem *hithlain,* die ihm vielleicht mehr von Nutzen ist als ein Schwert; und für Frodo eine Kristallphiole, in der das Licht des sagenumwobenen Earendil eingefangen ist, welches die dunkelsten Orte erleuchtet, wenn alle anderen Lichter verlöschen.

DIE FREIEN VÖLKER MITTELERDES

4

ZWERGE

Eines der ältesten und langlebigsten der Freien Völker Mittelerdes sind die Zwerge, ein zähes, kräftiges Volk, kleiner als Menschen, aber größer als Hobbits, das die verborgenen Orte der Welt in riesigen unterirdischen Höhlensystemen und Tunnelanlagen bewohnt.

Zwerge sind wegen ihrer großen Tapferkeit im Kampf berühmt und für ihre legendäre Geschicklichkeit im Bergbau und in der Bearbeitung von Metall und Stein. Seit undenklichen Zeiten haben sie in ihren Schmieden außerordentliche Gegenstände geschaffen: die besten Äxte, Schwerter und Edelsteinarbeiten; und tief unter der Erde eine monumentale Architektur. Als sie sich tief ins Innere der Berge gruben, um kostbare Metalle und Edelsteine zu gewinnen, förderten sie die wundersame als *mithril* bekannte Substanz – ein herrliches silbriges Metall, das sich in mächtigen Adern durch ihr ausgedehntes Zwergenkönigreich Moria oder Schwarze Kluft zieht, die sie in ihrer Sprache Khazad-dûm nennen. Mithril hat bemerkenswerte Eigenschaften, denn es ist zugleich unglaublich hart und verblüffend leicht und wird darum hoch geschätzt. Die Liebe der Zwerge zu solchen Reichtümern hat ihnen, verdient oder unverdient, den Ruf eingetragen, hungrig nach Gold und habgierig zu sein.

Im Lauf des Krieges zwischen Sauron und den Elben im Zweiten Zeitalter haben sich die Zwerge aus dem Konflikt in ihr Bergkönigreich zurückgezogen und ihre Tore vor der Welt verschlossen, so daß von da an zwischen Elben und Zwergen, wo vorher Handel und Freundschaft gewesen war, Mißtrauen und sogar Feindseligkeit herrschten.

GIMLI

„Ich kannte ihn schon, als er einem Hobbit noch nicht bis an die Knie reichte."

Einer der vornehmen Zwerge vom Erebor, dem Einsamen Berg, Gimli, Sohn von Glóin, wurde als Abgesandter zum Rat von Elrond in Bruchtal geschickt, wo er sein Volk in der Angelegenheit des Einen Ringes vertreten soll. Dort wird er von Elrond auserwählt, als einer der neun Gefährten Frodo auf seiner Queste zu begleiten.

Gimli ist wie alle Zwerge eigensinnig und zäh, stolz und unbeugsam und im Kampf ein mächtiger Krieger. Er kann auch übellaunig und streitsüchtig sein und hegt wie viele Zwerge ein tiefsitzendes Mißtrauen gegen Elben und ihre sonderbare Zaubererart.

Gleichwohl stellt er seine Axt in Frodos Dienst und versucht sogar einigermaßen huldvoll, die Anwesenheit eines Elben unter den Gefährten zu ertragen.

Wie es einem großen Krieger zukommt, trägt Gimli eine vollständige Rüstung – ein schweres Hemd aus Stahlringen, einen Lederpanzer und einen verzierten Zwergenhelm. Dazu eine Anzahl Waffen: eine große Schreit-Axt vom Erebor mit einer halbmondförmigen Klinge; zwei Wurf-Äxte – eine ist eine kleinere Version der Schreit-Axt, die andere ein Beil; und in Khazad-dûm bedient er sich einer gewaltigen zweischneidigen Streitaxt, Inbegriff traditioneller Schmiedekunst aus Moria, die durch ihre kraftvollen, geraden und klobigen Klingen gekennzeichnet ist.

MORIA

„Selbst ihre Hüter können sie nicht mehr finden, wenn ihr Geheimnis vergessen ist ...“

Um die unterirdische Zwergenstadt Moria von der alten Elbenstraße aus Hulsten zu betreten, ist es nötig, eines der unsichtbaren Tore im Gestein zu finden und zu öffnen. In älteren Zeiten standen diese Tore offen und wurden von einem Wächter gehütet, aber im Dritten Zeitalter ist dieses Vertrauen längst verschwunden. Fährt jemand, der die geheimen Eingänge kennt, mit der Hand über den Fels, enthüllen sich mattsilberne Muster, die im Licht des Mondes schimmern: Es sind Siegel, wie die Embleme Durins, des Herrn von Moria (Hammer und Amboß); eine Krone und sieben Sterne, zwei Bäume mit Halbmonden darüber und ein einzelner Stern (der Stern des Hauses Feanor), die aufleuchten.

Diese Symbole sind aus *ithildin* (Elbisch für „Sternmond") gemacht, einer Substanz, die nur Mondlicht spiegelt, und die Buchstaben erschließen sich einzig jemandem, der die alten Sprachen Mittelerdes sprechen kann.

Die Inschrift auf der Tür ist in einer alten Form des Elbischen geschrieben und lautet: „Sag Freund und tritt ein."

MITHRIL-SILBER

„Der Reichtum Morias war nicht Gold und Juwelen, sondern Mithril ..."

Diese kostbare Substanz findet sich nur in den tiefsten Gruben Morias, im Innersten der Berge. Sie trägt auch die Namen Moria-Silber oder Wahrsilber. Es wurde höher geschätzt als Gold, und die Zwerge machten daraus ein Metall, das bemerkenswert hart, doch wunderbar leicht war. Frodo hatte von Bilbo ein Kettenhemd aus Mithril geerbt, das ein Geschenk des Zwergenkönigs Thorin gewesen war.

DIE ISTARI

Das Wort „Istari“ ist ein elbischer Begriff und bezeichnet einen Orden oder eine Bruderschaft von Zauberern.

Solche Zauberer sind Maiar – Geister, älter als selbst Mittelerde –, die von den Valar, den ältesten und größten aller Wesen, aus den Unsterblichen Landen in die sterbliche Welt geschickt worden sind, um die Freien Völker Mittelerdes in ihrem Kampf gegen den wachsenden unheilvollen Einfluß des Dunklen Herrschers Sauron beizustehen. Sie kamen heimlich und waren wie Menschen auf solche Kräfte beschränkt, die sich in Mittelerde fanden. Man konnte sie vielleicht an ihren hohen Hüten und langen Gewändern erkennen und an den sonderbaren Stäben, die sie trugen.

Die Istari sind durch besondere Farben voneinander unterschieden, die ihre Macht und ihren Rang im Orden kennzeichnen: so ist Saruman, der höchste der Istari, als „der Weiße“ bekannt, während Gandalf, der Graue, seine Reise durch Mittelerde als Zauberer mit geringerer Macht beginnt.

GANDALF DER GRAUE

„Es ist dieser Wanderzauberer, Gandalf . . .“

Da er die Rasse der Hobbits mag, kommt der Zauberer Gandalf von Zeit zu Zeit nach Hobbingen, um seinen alten Freund Bilbo Beutlin zu besuchen (mit dem zusammen er viele Abenteuer erlebt hat) und um die Sicherheit des Auenlandes zu überprüfen und sich zu vergewissern, daß der Schatten, der sich von Mordor immer weiter ausbreitet, nicht in diese entzückende, verschlafene Provinz eindringt.

Doch die Bewohner Hobbingens kennen ihn vor allem als wandernden Zauberkünstler, der seiner Pfeife Rauchkringel entlockt und Feuerwerke abbrennt. Die kleinen Leute haben wenig Ahnung von den wirklichen Kräften ihres gelegentlichen Besuchers. Sie sehen bloß eine äußere Gestalt: die eines alten, graubärtigen Mannes, in einen staubigen Umhang gehüllt und mit einem großen spitzen Hut, eines Mannes, den der Gang der Zeiten erschöpft hat und der seinen Stab bloß als Wanderstab benutzt, auf den er sich auf seinen Reisen stützen kann.

„Warum haben die Valar mich hierher geschickt in diesem alten Menschenkörper, der für jede Qual und Krankheit empfindlich ist?“

Als einer der Istari ist Gandalf imstande, wirksamen Zauber einzusetzen, und er ist über die Geschichte Mittelerdes und die Kunde ihrer zahlreichen Völker außerordentlich gut unterrichtet. Sein wirkliches Alter ist unbekannt.

Gandalf der Graue, bei den Elben als Mithrandir bekannt, führt die Gefährten aus Bruchtal hinaus, als sie ihre Queste beginnen, um den Herrscherring in den Feuern des Schicksalsberges zu zerstören; wenn auch die Versuchung, den Ring selber zu benutzen, gewiß stark sein muß. Obwohl er ihn instinktiv nur zu guten Zwecken benutzen würde, weiß Gandalf, daß die Macht des Ringes, seiner eigenen, ihm innewohnenden Stärke hinzugefügt, eine unvorstellbar große und schreckliche Kraft schaffen würde.

Um gegen die Mächte der Dunkelheit zu kämpfen, kann Gandalf der Graue nicht nur auf seine Zauberkraft, sondern auch auf seinen Stab der Macht und auf sein Elbenschwert Glamdring zurückgreifen.

„Nicht die Stärke des Körpers ist wichtig, sondern die Stärke des Geistes."

SARUMAN DER WEISSE

„Der Weiseste meines Ordens: Er hat sich in die Ringkunde vertieft. Lange hat er die Künste des Feindes erforscht.“

Der Zauberer Saruman der Weiße, Herr von Isengard, ist der größte der Bruderschaft der Istari und in ganz Mittelerde wegen seines riesigen Wissens um alle verborgenen und abgelegenen Dinge bekannt. Er hat das Wesen der Ringe der Macht ausgiebig studiert, besonders das des Herrscherringes – seine Herstellung und seine Geschichte, während er von der einen in die andere Hand überging und dann verschwand –, und er glaubt, daß er und sein Orden, wenn sie ihn fänden, selbst den besten Gebrauch davon gegen die wachsende Macht des Dunklen Herrschers machen können.

„Die Welt hat sich verändert, Gandalf. Ein neues Zeitalter steht bevor: das Zeitalter der Menschen, das wir lenken müssen. Sind wir nicht Istari? Lebt in dieser gebrechlichen Menschengestalt nicht der Geist eines Maia?“

Sarumans Sitz ist der Orthanc, ein gewaltiger Turm, aus einer massiven Säule unzerbrechlichen schwarzen Obsidians herausgehauen, der zu einer großen zackigen Spitze aufsteigt. Der Turm von Orthanc steht in der Mitte von Isengard, der kriegswichtigen Festung, die in beherrschender Position zwischen den Nebelbergen und der Pforte von Rohan liegt. Ihre wichtigste Verteidigung ist eine natürliche Ringmauer aus Stein, die einen Durchmesser von mehr als einer Meile hat und schöne Bäume und Gärten umschließt, die von Flüssen aus den Bergen gewässert werden. Niemand weiß, daß sich in Isengard einer der seltenen Sehenden Steine befindet, der Palantír, eine große Kugel aus schwarzem Stein, mit der der Zauberer den Aufenthaltsort und die Bewegungen von Feinden und Verbündeten in ganz Mittelerde erspähen kann.

„Der Gipfel der Macht ist die Macht des Schöpfers“

Die Höhlen unter Isengard bergen ein weiteres Geheimnis. Dort unten wird eine neue Art von Kreaturen gezüchtet, denn Saruman plant, ein eigenes Heer zu bilden, das es mit dem des Dunklen Herrschers aufnehmen kann.

DIE DUNKLEN MÄCHTE

„Der Feind hat viele Spione in seinem Dienst, viele Ohren ...
sogar Vögel und Tiere ..."

Seit seiner Niederlage in der Schlacht von Dagorlad hat Sauron seine Streitkräfte neu gruppiert, wenn es ihm auch nicht gelungen ist, den Herrscherring wiederzufinden, den er so heimtückisch geschmiedet und den ihm Isildur, Hochkönig von Gondor, abgenommen hat, bevor er anscheinend für immer verlorenging.

In den Jahrtausenden, die seit seiner Niederlage verstrichen sind, hat er langsam, aber unerbittlich seine große Armee bösartiger Wesen vergrößert und seine Festung in Barad-dûr wiederaufgebaut. Seine Macht ist jetzt so gewaltig, daß er imstande wäre, bekäme er den Einen Ring wieder in die Hände, allen Widerstand in Mittelerde zu brechen und alle Lande in eine zweite Dunkelheit zu hüllen.

Sein Auge sucht den Herrscherring, und er hat viele Knechte, die er als Späher oder Soldaten einsetzen kann. Die größten und schrecklichsten sind seine Nazgûl, auch als Ringgeister bekannt; aber zu den Streitkräften der Dunkelheit zählen viele bösartige Kreaturen wie Orks und Uruk-hai, Trolle und Warge und andere Ungeheuer.

ORKS

„Sie waren einst Elben ...“

Orks gehören nicht natürlicherweise zu Mittelerde, sondern sie wurden ursprünglich von den Dunklen Mächten erschaffen. Vor langer Zeit, im Ersten Zeitalter, wurden Elben gefangengenommen und in den Kerkern des Dunklen Herrschers gefoltert und verstümmelt, bis das schönste und edelste Volk der Welt in eine verdorbene und schreckliche Form neuen Lebens umgewandelt war: Orks. Diese Kreaturen vermehrten sich, bis der Dunkle Herrscher sich eine monströse Armee geschaffen hatte, um damit die Freien Völker der Welt unterdrücken zu können. Sie waren seinem dunklen Wille hörig, dunkelhäutig und verkümmert, heimtückisch und bösartig und hatten mit ihren edlen elbischen Vorfahren nichts mehr gemein. Weil sie in der Dunkelheit ausgebrütet wurden, hassen sie das Licht, und wenn sie nach dem Willen ihres Meisters ausschwärmen, tun sie es mit dämonischer Tatkraft und grausamen Klingen.

Jetzt, im Dritten Zeitalter, hat sich ihre Zahl derartig vermehrt, daß sie auf der ganzen Welt zu finden sind und oft nach Westen bis zum Düsterwald und zu den Rändern des Goldenen Waldes von Lothlórien vordringen, der den Elben heilig ist. Andere haben die großen Zwergenhallen von Khazad-dûm besiedelt.

Ihrem widerwärtigen Aussehen und der Grausamkeit ihres Verhaltens entspricht die Häßlichkeit ihrer Sprache, die sich aus ihren Mäulern gemein anhört, obgleich sie eine entartete Form des Westron ist, der Gemeinsamen Sprache Mittelerdes, die sie durch die Aufnahme von Wörtern und Ausdrücken der kehligen Schwarzen Sprache ihres Ursprungs Mordor weiter besudelt haben.

MORIA-ORKS

Nachdem die Zwerge die Stadt Moria, ihre alte Heimstätte unter dem Nebelgebirge, verlassen hatten, nahmen Orks die riesigen unbewohnten Hallen und Gänge in Besitz. Diese Orks haben aufgrund ihrer unterirdischen Lebensweise eine dunkle Haut und trübe, hervortretende Augen entwickelt. Sie huschen wie Insekten umher und benutzen die Sporne ihrer schwarzen Panzer, um an Mauern und Säulen von Khazad-dûm hinauf- und hinabzuklettern.

URUK-HAI

„Selten marschieren Orks bei Sonnenschein unter freiem Himmel, doch diese haben es getan."

Unter der Festung Isengard, in den Höhlen tief unter ihrem Turm, hat der Zauberer Saruman eine eigene Rasse von Super-Orks gezüchtet – ein Heer, das dem des Dunkeln Herrschers gleichwertig ist. Durch Kreuzung von Orks mit Ork-Menschen hat er eine Rasse von Kreaturen erzeugt, deren Kraft und Brutalität beispiellos sind: die Uruk-hai. Sie sind fast so groß wie Menschen, muskelbepackt, schwarzblütig und luchsäugig. Sie sind unermüdlich, beträchtlich intelligenter und mächtiger als die Moria-Orks und eine furchterregende Kämpferrasse mit ihren tückisch wirksamen geraden Schwertern und weittragenden Bogen. Angeführt von Lurtz, dem Uruk-hai von Isengard, sind sie leicht durch die weiße Hand Sarumans zu erkennen, die sie im Kampf als Zeichen tragen.

DIE NAZGÛL

DIE NEUN DIENER SAURONS

Die Nazgûl waren einst große Könige der Menschen, denen Sauron neun der Ringe der Macht gab, mit dem Versprechen ewigen Lebens und ewiger Herrschaft. Sie nahmen die Ringe, ohne zu fragen, doch ihre Habgier machte sie blind für die wahre Natur des Dunklen Herrschers und seine Hinterlist: einer nach dem andern verfiel der Macht der Ringe, und der Fluch des Dunklen Herrschers verdarb ihre Leiber und Seelen, bis sie schließlich aufhörten, Menschen zu sein, und unkörperliche Geister wurden. Sie waren ausgehöhlt zu gesichtslosen, gestaltlosen Geistern, in schwarze Gewänder und Rüstungen gehüllt.

Man nennt sie die Schwarzen Reiter, weil sie auf tiefschwarzen, glutäugigen Reittieren sitzen. Ihre Waffen sind nicht nur Schwerter aus Stahl und Flamme oder Keulen und Morgul-Dolche, die ein tödliches Gift in sich tragen, sondern auch ihr Schwarzer Anhauch, der alle, die er streift, mit Verzweiflung und Entsetzen erfüllt. Keine Waffen können sie verletzen, ausgenommen elbische, und jede Klinge, die sie trifft, wird brüchig.

Kürzlich sind sie in der Nähe des Auenlandes gesehen worden.

Klett-Cotta
Die Originalausgabe erschien unter dem Titel
„The Lord of the Rings. The Fellowship of the Ring.
Visual Companion"
im Verlag HarperCollins, London

Fotografien: Pierre Vinet
Gestaltung: Terence Caven
Satz des deutschen Textes: Offizin Wissenbach, Höchberg b. Würzburg
Gedruckt und gebunden bei Proost NV, Turnhout, Belgien
Printed in Belgium

ISBN 3-608-93504-5

www.hobbitpresse.de/tolkien/